余味

程晓琴 著

陕西新华出版
太白文艺出版社·西安

图书在版编目（CIP）数据

馀味 / 程晓琴著. -- 西安：太白文艺出版社，2024. 10. -- ISBN 978-7-5513-2817-3

Ⅰ. I217.2

中国国家版本馆CIP数据核字第2024X1A816号

馀味
YUWEI

作　　者	程晓琴
责任编辑	蔡晶晶　张婧晗
策　　划	北京泥流文化传媒
封面设计	白　茶
出版发行	太白文艺出版社
经　　销	新华书店
印　　刷	三河市华东印刷有限公司
开　　本	880mm×1230mm　1/32
字　　数	90千字
印　　张	6
版　　次	2024年10月第1版
印　　次	2024年10月第1次印刷
书　　号	ISBN 978-7-5513-2817-3
定　　价	48.00元

版权所有 翻印必究
如有印装质量问题，可寄出版社印制部调换
联系电话：029-81206800
出版社地址：西安市曲江新区登高路1388号（邮编：710061）
营销中心电话：029-87277748　029-87217872

写在前面的话

立冬之后，天突然就冷了，今天终于迎来了湛蓝的天空和温暖的阳光，把京城照得通透。空气里有一种太阳晒过被子的感觉，有一种说不出的童年的亲切感。

我把时光安放在一个八十层的咖啡馆，放眼可以看到遥远的地平线。天空中一片云也没有，不知道她们是不是也有午睡的习惯，只剩下无边无际的湛蓝。我开始思考诗集的结束语，也在寻找合适的出版社，希望在这个冬天第一场雪来临之前，她可以面世。她是那么稚嫩又清新，仿佛是从我生命里走出来的一个婴孩，我看见她澄澈的眼眸，装满了对尘世的洞悉与好奇，我看见她小心翼翼、蹒跚学步，而我能做的就是张开双臂拥她入怀。

我想给她起名叫"馀味"，一种说不清道不明的情愫，深深浅浅地裹着我的生命，游走在尘世间，很多年，那些细细碎碎的美好，仿佛是我生命的呢喃与回响。我想不出比"馀味"更贴近的名字,我喜欢这两个字,也喜欢这两个字的作者——著名的书法家赵朴初先生。总觉得里面包裹着一种来自生命的洞悉与温暖,像和煦的风,刮过春天,刮过春暖花开,山花烂漫……

我不知道在当今这样激烈竞争、纷繁复杂的时代,有多少人会停下来读一首诗,看一朵花开。但那又怎么样呢?

总会有一种脚步牵引你的到来,总会有一种声音叩动你的心弦,在某个春天的午后,就着一片暖阳,翻开这本《馀味》,聆听生命的呢喃……

目录

第一辑　游走尘世间

如你所示	003
未来是起心动念的现在	003
再相遇	004
感动	004
遗失与寻找	005
你的名字	005
夜	006
到达	006
无扰	007
本来的样子	007
自在	008
春天	008

世界	009
把自己安顿在溪水旁	009
微笑	010
欲望	010
爱情	011
文字与女子	011
美好的事	012
心静	012
闲适的幸福	013
遇见你	013
幸福	014
看见	014
宇宙的敲击声	015
一瞬与永恒	015
爱情	016
等候	016
快乐的日子	017
黑夜	017
时光会忧伤	018
人间	018

生命长存	019
春秋	019
顺风而行	020
优雅	020
爱	021
黑夜与黎明	021
浅浅地同行	022
等候看见	022
光阴	023
我不想忧虑明天	023
点亮另一个生命	024
安心	024
温暖的事	025
与美好同行	025
这里的鲜花已盛放	026
无价	026
生活	027
清晨是打开的一首诗	027
不会缺席的晚安	028
爱	028

放弃与坚持	029
思绪	029
黎明	030
柔软和谦卑	030
沙漠与绿洲	031
爱	031
成功与失败	032
相遇	032
干净安宁的生活	033
自己的声音	034
一泓清泉	034
海上的夜	035
等风散去	036
静卧溪水旁	036
情怀	037
撞开思维的墙	037
春天的来信	038
寻常的日子	038
千言万语	039
我们的功课	040

真诚	041
遇见	042
霜降	042
生命如此来过	043
洗刷黑夜驻留过的痕迹	043
终将	044
雨下在眼睛里	044
北方的江南	045
美好的事物	046
秋晨	046
春天的花香	047
喜欢	047
我打春天走来	048
胡同里的夏天	048
黑夜与黎明	049
生命是一份静默	049
远行	050
蜡梅盛开的消息	051
荷香	051
折断了翅膀	052

等你	052
含苞待放的春天	053
向有你的地方靠近	053
茶	054
无处可藏	054
静默无言	055
一指秋天	055
院落里的夏天	056
春天在一朵玉兰花里醒来	056
阅读	057

第二辑　与世界共处

通向你	061
散落在街头的夏天	061
愿做一树桂花	062
当晨曦敲开窗	062
夏的讯息	063
爱情的模样	063
起伏的心	064

夏至	064
秋	065
阳光照着我冬天的心房	065
思念惊动了路过的风	066
爱需要距离	067
腊味	067
树根和树枝	068
医治与重塑	068
走在中秋的边缘	069
永恒的故乡	069
一朵百合开放的距离	070
占有	070
最美的风景	071
一抹新绿	071
乡愁	072
等你	073
心安	073
四月的春天	074
静	075
人间烟火	076

环境	076
夏天的味道	077
等你	078
门廊	079
蔷薇	080
深情	081
澄澈的心	081
父爱	082
当思念装满了一封信	082
童年的夏天	083
年轻	084
盛夏的花事	085
温暖世界	086
朴素	087
告别夏天	088
回眸	089
山谷里的春天	090
晚安	091
三月	092
守望	093

院落里的三月天	094
我把你弄丢了	096
故乡的五月	098
在浅夏里	099
一池七月的荷	100
北京的秋天	102
九月	103
北京的冬季	105
草原的清晨	107
思念是巷子里的一树花开	108
桂花龙井	110
核桃	111
制作一种食物	112
种一棵桂花树	113
秋天	114
巷子口的咖啡馆	115
像一只蚂蚁	116
爱情	118
海上清晨	119
走在凤凰	120

照亮黑夜点亮黎明

——写给白衣天使的歌 121

写在七月

——献给党的生日 125

黎明 127

等待 128

第一场雪 129

如果 131

第三辑　慢慢的散文

青海游记 135

《额尔古纳河右岸》读书随想 140

《人类群星闪耀时》读后感 143

路过一个初冬的天 148

写在冬季某个午后的闲言碎语 151

写在冬季一个周日的午后（一） 154

写在冬季一个周日的午后（二） 157

窗前的三角梅开花了 158

每一天，都是旅行 160

年末碎语	164
草木人间	166
新年碎语	168
深情而简单地行走	170
行走在洱海	172
写在后面的话	175

第一辑

游走尘世间

如你所示

总有风

会记得一朵花的清香

你的与众不同

终将把独一无二的你成就

未来是起心动念的现在

每一个未来

都是起心动念的现在

再相遇

有一种遇见

会成为一生的守候

没有开始

也没有结束

没有遗忘

也不用记起

只是恰好，再相遇

感动

心灵深处的每一次感动

都是无限天机泄漏的微光

遗失与寻找

我遗失了你

所以寻找你

找到了你

就找到了自己

你的名字

你的名字

是我读过最短的情诗

生了根

发了芽

谱成了曲

夜

漫漫长夜
总有一些人为另一些人醒着

到达

到达
是因为看见
看见
是因为相信

无扰

不因万物生长所迷

不为世间百味所扰

如此，你的灵魂才显金贵

本来的样子

将每个平淡的日子

过成一首诗的芬芳

待到繁华落尽

万事顺应自己的模样

自在

一个人最高级别的自在
是忠于自己的坦荡
穿梭在尘世
脚边带风

春天

我挨着你坐着
闻到你身上的花香
我知道
那就是春天

世界

有多少个人

就有多少个视角

有多少个视角

就有多少个世界

把自己安顿在溪水旁

把自己安顿在溪水旁

再种一棵四季都开花的树

每一季都有果实

分发给路过的人

微笑

你微微地笑着

站在遥远的天际

没有说话

我却能感受到你温暖的呼吸

欲望

喧嚣的世界

欲望一直在翻新着花样儿

爱情

爱情是两颗心的风暴

在彼此的眼里

找到了栖息地

文字与女子

世上最美的

一是女子

二是文字

文字住进女子的生命

打破了尘世的枷锁

开出繁花万朵

灵动了生命

斑斓了世界

美好的事

世间最美好的事情

就是时光还在

你还在……

心静

心安静了

就能看到世界在动

闲适的幸福

往事拂过行人的衣袖

白云路过你的窗口

许多闲适的幸福

就这样,触手可及……

遇见你

上帝把人间打包成了诗词

词的上阕写出了春夏秋冬

词的下阕走出了日月山河

我等在词的末尾

看旁白里写着

我在千万个日月山河、春夏秋冬里轮回

只为遇见你

幸福

好的坏的都收下
然后一声不响
寂静地生活
如此,就很幸福

看见

当我们说我们看见了什么的时候
我们正在摒弃那百分之九十九的没看见

宇宙的敲击声

当生命足够安静
我就能听到血液汩汩流动的声音
那是宇宙的敲击声

一瞬与永恒

在永恒里
所谓的长久都是向永恒借来的一瞬
在一瞬里
所有片刻的美好
都是永恒

爱情

爱情写下了她最深刻的记忆

落在我的文字里

变成雨下在了我的四季

有春秋也有冬夏

有哀愁也有美丽

等候

遥远的心路

最近的归途

我等在你必经的路口

赴一场千年不变的守候

快乐的日子

快乐的日子
每一片时光
都带着羽毛的轻盈

黑夜

黑夜把自己摊开
挂满月亮和星星
照亮黎明回来的路

时光会忧伤

不要故意冷落生命中那个重要的人
失去时
时光会忧伤

人间

有高山有低谷
有太阳有星星
有山川有河流
有春夏有秋冬
有男人有女人
还有你和我
恰等于一个无与伦比的美好人间

生命长存

没有一个生命生来就是沉睡的
只是尘世的铅尘遮蔽了眼睛
你可以终其一生地沉睡
也可以在某一天醒来
于是，生命长存

春秋

一叶秋黄
说尽秋天
一季燕来
暖了春风

顺风而行

万事万物都有自己的脉络
我们不要逆风而行
也不要挑战自然
我们要站在高处
顺风而行

优雅

美只愉悦眼睛
而优雅可以愉悦心灵
赫本说：优雅是唯一不会褪色的美

爱

不是彼此凝望

而是相爱的人注视同一个方向

黑夜与黎明

黑夜是温暖的

她孕育着黎明

黎明是博大的

她将照亮整个黑夜

浅浅地同行

我不敢看你的眼睛
怕你认不出我
让我伤心
也怕你认出我
会格外地用力和认真
只好观望
浅浅地同行

等候看见

你以为我是在寻找
其实我是在等候
等候在时间里看见

光阴

光阴牵住我的手
领我翻开生命的每个黑夜和白天

我不想忧虑明天

我不想忧虑明天
我知道明天的太阳一定就等在黎明的后边

点亮另一个生命

当爱和温暖满溢

就会变成语言，变成文字，变成音乐

变成行动……

或者干脆就是一个眼神

刚刚好

点亮另一个生命

安心

我们终其一生总是想抓住一些什么

岂不知从来没有任何一个东西

可以真正安放在我们的掌心

拥抱已有

珍惜遇见

如此，安心

温暖的事

我能想到

世间最温暖的事情

就是每天都会升起同一个但却崭新的太阳

照亮你生命的每一寸光阴

与美好同行

如果你焦急

你会走在美好的前面

如果你迟钝

你会落在美好的后面

如果你不慌不忙

你会恰到好处

与美好同行

这里的鲜花已盛放

鸟儿在枝头歌唱

告诉你她来自远方

她说风给她捎去了消息

这里的鲜花已盛放

无价

时间和真心一样

是免费的

也是无价的

就像春天

轮回在尘世里

一季,一季……

生活

相依相偎

或独来独往

皆是生活

清晨是打开的一首诗

每一个醒来的清晨

都是一首诗

随着晨曦轻轻地翻开

不会缺席的晚安

你是尘世里不能错过的人
是我从未缺席的晚安

爱

爱不需要确认
不爱才需要

放弃与坚持

人生就是在放弃和坚持中

画出的美丽曲线

不知道是放弃成就了坚持

还是坚持战胜了放弃

总之,都恰好画在了人生的转弯处

思绪

思绪掠过脑海

如群鸟飞过天际

扇动着翅膀

又栖息在大地

黎明

黎明永远等在黑夜的尽头
用白昼驱逐掉她所有的忧愁

柔软和谦卑

最有力量的
往往是那最柔软的
最伟大的
往往是那最谦卑的

沙漠与绿洲

你以为我的世界满是沙漠

其实在我的心里

住满了绿洲

爱

真正的爱

是胆怯的

是羞涩的

是颤颤巍巍的

成功与失败

如果我们把所有的失败都挡在门外
那成长和成功也会转身离开

相遇

注定的交集
都是恰到好处的相遇
而非急功近利的找寻
人和事大抵都是如此吧

干净安宁的生活

将经年往事
泡成一壶清茶
饮尽,安坐
恰等于干净安宁的生活

自己的声音

如果你把自己活成了自己
那么
你说的每一句话
都是自己的声音

一泓清泉

当摒弃了喧闹
就停止了寻找
于是,我在脚底下挖出了一泓清泉

海上的夜

海上的夜

就这样寂静地来临

看夕阳一点一点坠入大海的宁静

海风咸咸的

剪碎了浪花

一遍一遍撞击着船舷

匀速地向海岸线行进

甲板上的灯光摇曳

在一望无际的海面上

放大着宇宙的神秘与宁静

就这样

我们与夜,与海,与天地合为一体

同眠……

等风散去

狂风四起
天昏地暗
我伫立在原地
等风散去

静卧溪水旁

我静卧在溪水旁
你用光把我照亮
我的眼睛清澈起来
看见了美丽的山川和朝阳
我安憩在这一份温柔里
像婴孩吸吮母乳的芳香

情怀

情怀
是灵魂深处的渴求
是无声却响彻云霄的豪迈
是巷子深处
安静等待的一树花开……

撞开思维的墙

有一天我撞开了思维的墙
于是我就贴近了天空的窗

春天的来信

春天给我写了一封信
贴在三月的门廊
在一个醒来的黎明
拆开
溪水潺潺
鸟语花香

寻常的日子

寻常的日子
就像头顶上的月光
散发着宁静又平和的光芒

千言万语

时光从指缝溜走

有时又像静止了一样

我坐在山顶看漫天的星星

每一颗都是宇宙的眼睛

无声地述说着她万千的奥秘

也倾诉着她变化的心情

她仿佛懂我

我们对视

千言万语

我们的功课

上帝给我们布置了不同的功课

让我们今生独自去完成

把我们放在尘世里搓捻和打磨

我们觉得不是功课超纲

就是作业篇幅太长

于是我们在蹉跎和抗拒中度过许多光阴

有一天我们真的累了

不再抗拒

于是功课转瞬间完成

原来这功课就是在明白的一瞬

真诚

真诚

犹如一潭幽静的湖水

无论泥沙侵袭

还是枯叶覆盖

终不改澄澈的容颜

宛若一座高山巍然屹立

恰似一朵清莲清新淡然

风起云涌不为所动

千帆过尽我自安然

遇见

最好的遇见
不是恰逢花开
阳光正好
而是遇见时
你恰是我喜欢的样子

霜降

霜降
秋天的最后一次回眸
草木摇落，白露成霜
做一只快乐的蛰虫
回到起点，重拾初心
简单而清澈，素朴而温存

生命如此来过

所有的远行
都是为了遇见近在咫尺的自己
所有的阅读与求索
都是要唤醒自己沉睡的生命
我们穷其一生所说、所做的
都是告诉世界
如此来过……

洗刷黑夜驻留过的痕迹

阳光照耀着我的身体
洗刷黑夜驻留过的痕迹
从头顶到脚趾

终将

谁终将声震山河
必长久深耕缄默
谁终将俯瞰尘世
必经万般漂泊

雨下在眼睛里

我不小心把水倒在地上
变成了水蒸气
和云朵住在一起
有一天变成了雨
下在我的眼睛里

北方的江南

我在北方的窗前
走过江南
晨曦的微风拂面
满目间
是淡雅与清新
如一池盛开的莲
捧一束暖阳
种在心间
照亮尘世
轻拥每一个黑夜与白天

美好的事物

美好的事物总是这样慢慢地、静静地
比如窗外的春天总是一寸一寸地醒来
比如田野里的稻谷总是一点一点地芬芳
于是我们就这样安坐着
看美好的事物
慢慢地、静静地到来

秋晨

我喜欢在秋天的早晨
将每一寸肌肤都贴在清晨
与每一丝秋风亲吻
用快乐装满心情
血液静悄悄地流淌
像清泉洗过心

春天的花香

我挨着你坐着
闻到你身上的花香
我知道
那就是春天

喜欢

我喜欢从身旁路过的风
喜欢初夏树上结出的小小果子
喜欢一本带着草木香的书
喜欢一首唱着童年的歌
喜欢每一个早起而寻常的日子
喜欢在世界的某个角落里有你的时光

我打春天走来

我打春天走来
穿过满城风絮
轻轻拂去一身落花
只留一抹芬芳
悄悄流入心房

胡同里的夏天

胡同里的夏天
弯曲而狭长
星星三三两两
乘凉的大爷大妈摇着蒲扇
拉着家常，唠着夏天

黑夜与黎明

黑夜穿上繁星坐等黎明

黎明给黑夜捎来第一缕晨光

生命是一份静默

生命是一份静默

藏在每一寸肌肤、每一段骨骼和每一个细胞里

透过血液和深邃的眼眸

吟唱着别样的歌

每一段旅程

每一份途经

说过的每一句情话

都承载着这份静默

走过尘世的光阴……

远行

喜欢极了远行

心是方向

自由是路线

那些随意的遇见

总能缝缝补补你找寻的心情

一个陌生小镇的黄昏

一个古朴而简约的街边书店

一个穿着碎花裙的姑娘

一张写满心情的卡片

都这样

填补着生命

蜡梅盛开的消息

小鸟在晨光中吟唱着你的名字
文字沾染着泥土芬芳
写下第一枝蜡梅盛开的消息

荷香

我把灵魂放逐出去
任她在没有冬天的乐土上流浪
她悄悄把忧伤洒在没人的角落
带回一只盛满异域风情的香囊
挂在春天的门楣
变成寂静的荷香

折断了翅膀

我坐在清晨的寂静里
听见悲伤隐隐的哭泣声
她说被折断了翅膀
怎能在天空飞翔
她收拾着遍地的羽毛
张望着远处正在升起的朝阳

等你

叫醒贪睡的蝴蝶
交出打开花朵的钥匙
坐在春天的门廊
等你……

含苞待放的春天

二月的某个清晨

清风吹醒了整个山河

于是我在巷子的尽头

看到一朵迎春花里走出了含苞待放的春天

向有你的地方靠近

看夕阳落尽

握手黄昏

折叠成一个人的旅行

装在浅浅的行囊里

向有你的地方靠近

茶

我们总能在一杯清茶里

品味出那一片茶园路过的春天

那时的雨露和阳光

那一季刮过的风

还有采摘人的心情

穿过时空,来浸润你

无处可藏

季节的美

无处可藏

时光的脉络里

隐伏着盛夏的清凉

静默无言

我的心哭了
打湿了窗外的春天
那初放的柳芽
是去年种下的誓言
你说你没有走远
我说我从未离开
只是我们都这样
静默无言

一指秋天

八月的清晨
空气里突然就有了一指秋天

院落里的夏天

院子里尽是夏天
秋千荡漾着午后的光阴
香菜和小葱发了芽
肥硕的柿子树上是小鸟慵懒的鸣叫声
蔷薇已长出了各色的花蕊
播报着夏天的心情

春天在一朵玉兰花里醒来

我看见春天在一朵玉兰花里醒来
就像婴儿的手指
轻抚着我的脸庞
搅动着万千世界

阅读

阅读

是灵魂的切磋与碰撞

是咀嚼每一颗文字背后的温度和力量

是陪你途经的诗和远方

是丰盈你生命的幽径

第二辑 与世界共处

通向你

蘸一笔清风
画秋天的原野
原野的每一条路
都通向你

散落在街头的夏天

夏天就是这样
总是不经意地散落在街头
一枝雨后的清荷
一盆挂在邻居门口的铜钱草
一面挂满干花的墙
一只巷子里无所事事的猫
只有夏天雨后的清晨才有的空气

愿做一树桂花

愿做一树桂花

在九月的清秋

慢慢地绽放

静静地飘落

淡淡地芬芳……

当晨曦敲开窗

当晨曦敲开窗

太阳升起

我们与大地万物一起苏醒

平静地生长

风调雨顺

宁静安详

夏的讯息

四月的温热

暖开了山谷

欢快的山泉捎来夏的讯息

爱情的模样

人生最美的遇见

是我刚好路过

你恰好盛开

那生命的灵动与婀娜

开在与你碰撞的眼眸里

变成爱情的模样

起伏的心

让大海波涛汹涌的
不是风
是大地起伏的心
让火山喷发的
不是熔岩
是宇宙喷薄的心情

夏至

夏至
最夏天

秋

秋,像个素净温婉的女子
不动声色地穿过时光的缝隙
沾染了季节的芬芳

阳光照着我冬天的心房

你的阳光照着我冬天的心房
毫不怀疑她会开出春天的花朵
散发出从冬天走到春天的幽香

思念惊动了路过的风

当我想念你时
心跳就开始热烈地撞击
惊动了路过的风
刮到了你的心里

爱需要距离

我燃烧自己去靠近你
你感到了羁绊
我灼烫了自己
于是我离开一丈的距离
你开始自由地呼吸
我看到了生命饱满圆润的自己

腊味

腊味
不仅是一种食物
更是一种藏在岁月里的生活
长在生命里的记忆

树根和树枝

有人说

树根是地下的枝

树枝是地上的根

一个牢牢地抓住大地

一个高高地伸向天空

你牵动着我

我连接着你

医治与重塑

上帝对人说：

我医治你所以破碎你，

我重塑你是因为我爱你

走在中秋的边缘

虽然雨总是淅淅沥沥

但满月就走在来的路上

赴九月最隆重的约

等月的也定是有情人

将思念抽丝剥茧

纺出耳边的亲昵

在月圆时变成诗

读给你听……

永恒的故乡

我们总是风雨兼程

前赴后继奔向永恒的故乡

一朵百合开放的距离

黄昏
我与百合在夕阳下静坐
听见每一片花瓣里都有你的呼吸
顿悟
我与你之间
是一朵百合开放的距离

占有

你占有的东西
也在占有你
人、事、物、情感
大抵都是如此

最美的风景

把路过四季的风谱成曲
抚慰苍茫大地
给快乐的心安上眼睛
看尽尘世最美的风景

一抹新绿

清晨
巷子口的树枝上多了一抹新绿
突然就撑起了今年的整个早春
诉说着生命刚刚出发的心情

乡愁

雨,淅淅沥沥地敲打着门廊
回荡着深秋的阵阵声响
一大滴一大滴地
吟唱着深厚、广博、粗犷的北方

让我想起家乡的雨
一丝一丝
像女子的针线
密密麻麻地织着秋凉

我爱极了这种感觉
一个妇人坐在身旁
织着毛衣,抑或是忙着针线活
缝缝补补一万年的旧时光
我们就这样寂静地偎坐在一起
细碎且温暖
在一个下雨的清晨或是午后叙写乡愁

等你

我的心在这里等你
她会隔着千里同你说话

心安

一个人最极尽的富有
该是心安
或风平浪静
或颠沛流离
或荣华富贵
或粗茶淡饭
都是生命途经岁月的不同模样
唯心安才是生命最极致的华裳

四月的春天

燕子将春天衔在嘴里
在四月的某个清晨
站在你家附近的电线杆上
一声鸣叫
抖落一地的春天
梨花开始芬芳
柳絮开始飞扬
牵牛花也悄悄爬上院墙
于是，春天就这样开始徜徉

静

静

洗净了铅尘

只剩下眼前的一花一草

一饭一蔬

一人一己

一日一星

也洗净了心

宽宽大大的

无一物

却也纳万物

人间烟火

袅袅炊烟
阵阵鸟鸣
田埂上玩耍的孩童
黄昏中的藤萝与古木
道尽人间的一碗烟火
落在光阴的缝隙里
变成诗行……

环境

外面没有顺境
也没有逆境
只有环境

夏天的味道

世上最好的等待

就是夏天来了

黄瓜、丝瓜、茄子都肥胖着

苹果、桃、杏和李子黄得透亮，红得可人

月季和芍药绽放着

透着成熟的风韵

随风摇曳

吃饱了的猫猫、狗狗在门廊下伸着懒腰

一切都饱满着夏天的味道

等你

春天过了

我在秋天等你

花儿落了

我在叶下等你

线儿断了

我在风中等你

有你或没有你

我都站成永恒

用静默作为世间最隆重的仪式

等你……

门廊

喜欢这样的门廊

有着老式的浅黄色的木门

天青色的瓦

安静在一条巷子的尽头

总感觉秋天就坐在那里

深情地凝望

披着树荫漏下来的金黄

在这寂寥的午后

只为等你……

蔷薇

蔷薇

与藩篱为伴

生长在街角或院落里

不开花时

是一墙一墙的新绿

等一场风来

花开时

层层叠叠

风姿绰约

一见倾心

再见倾城

深情

在清晨和日暮之间

在春天和夏天之间

在青丝和白发之间

在你和我之间……

澄澈的心

真正的宁静

不在山水

无关烟火

只要内心澄澈

便见天地大美

能晓万物生灵

父爱

父亲的爱
是扎根在心底的力量
于无声处
在无数个黑夜与白天
陪你走过季节的繁华与苍凉

当思念装满了一封信

当思念装满了一封信
就想读给你听
你若不在
就只好读给路人
路人不懂
只好读给路过的风

童年的夏天

每个人的记忆里

都有一个童年的夏天

明月皎洁,稻花芬芳

清风习习,蛙声阵阵

和同伴尽情地追打嬉闹

在无数个这样的夏夜里

不担心过去

不忧愁明天

无尽的美好

留在了童年

也留在了生命里的永远

年轻

年轻是一种心态

无关年龄

即使岁月改变了容颜

少年不再

只要内心坚强

灵魂丰盈

就是恰同学少年,风华正茂

盛夏的花事

花

世间精灵

装点着岁月

芬芳着四季

但各自不同

一朵一朵的梨白

一树一树的桃粉

摇曳在春天的枝头,夺目

院落一角的丁香

庭院深处的栀子花

安静在春天的一角,纯净芬芳

恰如各色的女子,行在世间

温暖世界

一些人路过我

用真诚和善良

温暖了心

我接力

用真诚和善良

温暖下一个人

于是

我们就这样温暖了全世界

朴素

庄子说:"朴素而天下莫能与之争美。"
朴素
是极致的简
也是极致的美
如一枝莲
静立于水中
不染一丝纤尘
素雅而高贵
胜过姹紫嫣红

告别夏天

临近九月

我们就这样告别夏天

一块西瓜

一双凉鞋

一条碎花裙

一大段与夏天的对白

于是

我们就开始枕着完整的秋天

入眠……

回眸

一个眼神

装满故事

一场回眸

荡起涟漪

老舍先生说

一个女子的脸红胜过一大段对白

更何况是世间的一万种回眸呢？

山谷里的春天

金色的朝阳淡淡地抚慰着山谷
清风吹皱了溪面
小蜜蜂穿梭着
空气里是一丝一丝的香甜

沉寂了一冬的蚂蚁忙起来了
成群结队地搬运着食物
一路上交头接耳浩浩荡荡

不知名的鸟雀掠过
清脆的鸣叫欢快了整个天空
溪边的柳枝轻轻地摇曳着
嫩绿的春装
欢乐的水花溅起
打湿了小女孩鹅黄的裙子
身旁洗菜的妈妈唤着她的乳名
引来了探头看热闹的蚯蚓

小鱼儿也成群结队地来了

吵醒了整个小溪

远处

蒲公英在翩翩起舞

静默却高声地吟唱着

又一季山谷里的春天

晚安

捎一捧江南的清晨

就一抹四月明媚的阳光

点亮满天的繁星

跟你说一句

晚安

三月

突然就三月了
早晨的雪花和中午的暖阳之间
穿梭着春天精灵般的身影

在对视的瞬间
将我融化成一片轻盈的虚无
栖息在巷子深处的迎春花上
细数着三月心跳的声音

街旁的柳悄悄地绿着
泥土在一寸一寸地苏醒
张望着空中飞过的鸽子俏皮且自如的身

遥远的天际
回荡着白云银铃般的笑声
温暖了三月的北京

透过窗

一片暖阳沏好一壶旧岁的龙井

打翻了我思念的心绪

飘荡在三月的北京

守望

我该是一轮月

你举目便会看到

我该是一阵风

你侧耳就能听见

我该是一首歌

总在你身边萦绕

播放着我守望的味道

院落里的三月天

三月的清晨

阳光从天空中倾泻下来

一丝一丝的金黄

铺满了整个院落

给灰色的琉璃瓦也镶了金边

不远处的树梢上

胖胖的鸽子狡黠地张望着

院落里的春天一寸一寸地舒展

天空中是千百种蓝

在深深浅浅的色泽变化中

倾诉着宇宙的神秘和梦幻

忽而像瀑布飞流直下

忽而像大海浪花腾翻

忽而像草原博大无边

忽而像清泉细水潺潺

不，那不是天空
是你欢乐的心
安放在院落里
摇曳着三月的春天

我把你弄丢了

我大抵就这样把你给弄丢了
丢在了某个春天还没有到来的冬天
这也是流浪了很久才发现的
于是我回到我们告别的地方
那里早已物是人非

我回到我们常去的地方
那里已是我回不去的曾经
我一天一天地寻找
一遍一遍地呼唤
没有回声

于是思念被我写进诗里
在春天里随风开了花
又在秋天落下
日子还在继续
我依然常去我们常去的地方

只是没有你
于是我明白
你已不再

我又开始写诗
也依然种花
只等在余生的某个春天
你随花开而来

故乡的五月

小鸟尽情地欢唱

从清晨到日暮

淡黄色的猫咪

在屋檐下深情地眺望着远方的麦浪

山谷里,清风和着蛙鸣

伴着泥土和油菜花的芬芳

一块又一块的梯田

长满了山谷千百年的豪迈与温情

我,醉在了归程

用一颗少年的心

舔舐着游子的深情……

在浅夏里

过了谷雨

院落里的春天就满了

溢出来打落了墙外的片片花瓣

随风飘散在巷子里

又是一季春去

淡淡的清香捎来了夏的讯息

橡皮树安静地站在院子的一角

胖胖的叶子吐着茁壮而青春的气息

一片荷浸泡在天青色的罐子里

不知何时

已发了新芽长了花蕾

细数着……

用轻盈的盛放静候你到来的消息

微胖的鸽子站在灰色的屋檐上

眺望着遥远的天际

那是思念的距离

淡绿色的裙角在金色的朝阳中轻盈地舞着

让风捎去她的美丽

是的，浅夏了

一切都还是那么美……

一池七月的荷

细雨

一丝一丝地飘落

淋湿了远处的山

近旁的村落

蜿蜒的荷田寂静地安卧在山脚

空气里是荷的清香和清风的呢喃

转眼

太阳从细雨丝的缝隙里爬出来

灿烂了一池荷

白的圣洁，粉的温婉

蜻蜓和蝴蝶穿梭着

嗅着荷花的清香

亲吻着莲蓬肥胖的脸

赏荷的人多起来了

孩子的嬉闹

大人的赞叹

在荷田的上空盘旋

打翻了整个山谷的快乐

浸透了宇宙的容颜

北京的秋天

时常以为

生命中最奢侈的事情

莫过于有一段安静的时光

品一窗北京的秋天

天高高的

蓝得可以拧出糖果的香甜

微风浅浅地刮着

一丝一丝的清凉

轻轻地划过指尖

温柔极了

生怕打扰了你清晨刚刚醒来的心田

树梢是悄悄变过来的金黄

或许就在昨晚

与夕阳对视的一瞬间

蜿蜒的胡同

安静地晾晒着北京千年的厚重与磅礴

寂静的天空

欢腾着鸽子的鸣叫和大爷大妈有一搭没一搭的

  叙谈

街的尽头

是多少文人墨客诉说不尽的

北京的秋天

在眼里，在心间……

九月

就这样

在忙碌中

度过了九月的第一天

淡淡的夕阳绚烂了远处的地平线

寂静地走着

牵手又一年的九月

一个长满秋天的季节

从浅秋到意浓

你会不会收集齐所有的思念

白云是不是依然不懂你的心思

清风是不是依然没有明白你的呢喃……

天的尽头

挂满你眺望的眼

刹那间,心跳谱成了曲

灿烂了苍穹的脸

于是,你明白

九月,许你一个崭新的秋天……

北京的冬季

整个冬天都栖息在屋顶上
和着北方清新而透彻的朝阳
透过玻璃向温暖的小院张望

空气里丝丝凉意是大地的呼吸
在湛蓝的天空下自由自在地飘荡
像极了无拘无束的少年
那永远也挥霍不完的青春
在血液里沉默而骄傲地歌唱

街角,风浅浅地刮着
幻化成千万个音符
轻轻地抚摸着玻璃窗外树的脸庞
树枝上一片叶子也没有
只有树枝趴在树干上静静地眺望
以骄傲的姿态诉说着冬天的北方
小鸟有时候会经过

在天空留下几句悠扬的歌唱

这是冬季的北京

我总是这样地爱着

深情且绵长

不管她是春天的五彩斑斓

抑或不穿一片树叶的冬天

我们彼此守候

仿佛走过了千百年

她明白我的每一个眼神

而我,也知道她的每一次呼吸

她懂我的骄傲、静默与欢乐

我也明白她悄悄变化着却永远也不会变的

四季

荡漾着,快乐着

草原的清晨

路过很多的美
却不曾遇见草原这别样的清晨
早起的牛儿踩碎了青草上的露珠
溪畔的枝头传来声声欢快的鸟鸣
金色的太阳从遥远的地平线上升起
万道光芒倾泻在碧蓝的湖面上
嬉戏的鱼儿穿了一身的金黄

空气里是青草和泥土的芳馨
我也瞬间变成一片虚无的轻盈
融化在草原的臂弯里
深情且绵长……

思念是巷子里的一树花开

思念是一首歌

从清晨唱到日暮

从雪落唱到花开

思念是一本书

扉页上写满心情

页底是未完待续

思念是一颗心

每一次跳动

都撞击着生命

思念是一抹回忆

每一个画面

都篆刻心底

思念是一眼泪水

轻轻地滑落

悄悄地擦拭

思念是夜空中滑落的流星

寂寞地

找寻你的踪影

思念是街边的清晨

铺满盼望的朝阳

思念是巷子里的黄昏

等候你归来的身影

思念是巷子里的一树花开

每一朵

都有你的身影……

桂花龙井

把西湖边的春天珍藏起来

待到九月丹桂飘香时

一起制作成秋天

在十月的某个清晨或午后

冲泡成茶,饮尽……

总觉得是连同这一年的春天、夏天以及秋天都

 储存到了身体里

坐在秋的门廊

静候一个美好的冬天

核桃

核桃来到了北京

带着他作为西北汉子的粗犷、朴实和饱满

我使劲儿夹碎了他的外壳

仿佛夹碎了他羊肚手巾包裹下憨憨的容颜

沟沟壑壑是游走在西北的山川

粗糙的皮肤下是他细腻而圣洁的果实

用西北汉子的柔情包裹从春天、夏天，阳光、
　雨露里积攒到的秋天

制作一种食物

近一个时期

我喜欢制作一种食物

用面团包裹的肉、蛋、蔬菜混合的食物

我可以做得很精致,比如饺子、包子或馅饼

也可以做得奇形怪状

类似于饺子、包子或馅饼

仿佛带有很大的随机性

但都不能改变它们是亲戚的事实

我的心情也因此十分沉静和惬意

仿佛在用一个面团包裹住一种或几种动物、植物的灵魂

在油和盐及其他香料一起演奏的交响乐里

焕发出新的生命

在我手指的打磨中

在我和家人的胃里

幻化出崭新的青春

种一棵桂花树

如果可以

我想一本正经地种一棵桂花树

不同于院子里现在的那一棵

身材小小的、瘦瘦的、羞答答的

站在角落里

用一朵桂花都没有开的事实控诉着她身边

那棵张牙舞爪的海棠

我走近她

听到她紧张、羞怯、不甘的心跳

不敢抬头看我的眼睛

她怕我眼中的期待把她融化

我看了看她踮着脚的立锥之地

立即想到应该给她安置一个两居室

一方沃土

一缕清风

一片暖阳

一棵来年会开花的桂花树

秋天

有时候觉得秋天像一个快乐的精灵

住在风里

一大早就起来穿梭在京城的大街小巷

和环卫工人窃窃私语

太阳如果起来得早

她们就跳上屋顶和树梢

把房檐和枝叶照成一片金黄

喜鹊们的早会有时候也挪到这条街上

我听见她们说着春天的爱情和夏天的闲话

突然想起了李宗盛的一首老歌

挂在街边的树梢上

无言地传唱在今秋的大街小巷

巷子口的咖啡馆

我坐在巷子口咖啡馆的门前

喝着一杯来自云南的红茶

记忆中

仿佛在咖啡馆里售卖的红茶都来自云南

茶里有着云南的红土地

有着太阳比北京晚落一个小时的天

我摸索出精致的笔和本

准备写刚读过的书的心得

抑或是天马行空的随笔

一只猫咪蜷缩在我身后的橱窗里酣睡

招来了路过人的走走停停

两个大妈干脆坐下来

在我身边大声地唠着老北京的家常

清酒的香味从不远处的铃木食堂飘出来

在金黄的夕阳下沿着巷子游荡

我精致的笔记本上没有落下一个字

但仿佛已进入了"沉醉不知归路"的梦乡

像一只蚂蚁

穿梭在青藏高原

我觉得自己像一只蚂蚁

天近得仿佛贴着脸

地高得仿佛挨着天

在那广袤无垠、永远也望不到边的天和地之间

遨游着雄鹰、放牧着牛羊

还有一个芝麻粒儿大小的自己

像极了一只活在二维世界的蚂蚁

任何一株小草都可以称作森林

任何一粒泥土都可以视作高山

火柴盒大小的车辆载着蚂蚁大小的我和领队

奔驰在蜿蜒起伏、无穷无尽的高原上

仿佛天吹一口气就可以掀翻这辆车

打一个哈欠就可以淹没这辆车

而我快乐且小心翼翼地坐在火柴盒里

却仿佛可以听到天空血管里汩汩流动的血液

胸腔里怦怦跳动的心脏

耳边还有天空与万物的窃窃私语

作为一只坐在火柴盒里的蚂蚁

我知道，我正在青藏高原上放牧自己

爱情

爱情是什么？
爱情是刹那间碰撞的眼眸
是无言胜千言的诉说

是分分秒秒的惦念
是不用牵你的手
也知道你手心的温度

爱情是可以哭得泪如雨下
是可以笑开了全天下所有的花
是嚼碎了扔向大海的誓言
是吞噬了你的心
一寸一寸涂抹的思念

爱情是永远的守候
无论你在天涯还是在身边

海上清晨

在大海上醒来
昨晚落下去的太阳还没有爬出海面
眺望着远处的一望无际
突然有一种隔世的空灵

或许,一个历经无数岁月打磨的灵魂
她早已醒来
笑看宇宙万物的风起云涌并默然相随
但又不得不在每一段躯体的禁锢里再次混沌
在刹那醒来的瞬间抚慰这一世的混沌
这一刻的空灵是美好的
是通透的,是丰盈的……

走在凤凰

古城的中午和下午是安静的
少了晚间的嘈杂和清晨的叫卖声
上百年的吊脚楼轻拥着沱江水
风讲述着苗族、土家族、汉族世世代代的
故事
六月的阳光是充足的
青石板上,汗水洒落一地

沈从文故居的橱窗里摆放着《边城》
不远处是沈先生童年走过的青石桥
桥面的青苔写满了岁月的印痕
于是,我开始想念
一些事,一些人

照亮黑夜点亮黎明
——写给白衣天使的歌

这是一个残忍的季节

病毒肆虐

刹那间,我们站在了生与死的边缘

我们不得不驻足在家

抑或是滞留他乡

看着每天增加的死亡和被感染数据

内心装满了紧张和不安

每一个生命都是需要的召唤

每一个黎明与黄昏都是与疫情赛跑的生命线

集结号吹响

你义无反顾整理行装

你写下若有战召必回战必胜的誓言

走上这场没有硝烟的战争最前线

你穿着沉重的防护服

夜以继日守护着病患

你开心送走治愈的人员

你也与没有亲人朋友在场的生命做庄严道别

在这煎熬的岁月里

你像流星划过夜空

照亮长夜漫漫

你像清泉流淌

滋润每个焦灼人的心间

是的

没有人生而为英雄

只有平凡人的挺身而出

我看到了你告别亲人转身泪如雨下的瞬间

我看到了蜷缩在角落里的你的疲惫不堪

我更看到了你们在防护服上

写下的相互鼓励的誓言

你是两鬓斑白的长者

你是脸庞还透着稚嫩的青年

你们更新着每天康复出院的数据

将生命交还给他们的亲人和最美人间

而有的你却倒下了

将生命永远定格在这个春天

甚至来不及与亲人说再见

我看到更多的你站出来

从祖国的四面八方集结走到抗疫的前线

医生护士科研人员……

你知道吗

你不是一个人在战斗

你的身后是数以亿万计的人民的深爱与惦念

我看到了越来越多康复者的笑脸

我看到了越来越多抗击病毒有效的药品名字

我更看到一个个亲人正在尽情拥抱脱下战袍的

　　凯旋的你

疫情在全球蔓延

这是我们共同经历的灾难

但回望历史

人类曾经历过更为黑暗和艰难的时刻

而我们终将是这场战役的胜利者

这些倍感煎熬的日子

终将成为历史长河中一瞬间

谢谢你!守护我们生命和健康的逆行者

历史不会忘记

每一个你都是一首动人的歌曲

传唱给我们的子孙后辈听

每一个你都是一个天使

照亮黑夜点亮黎明

写在七月

——献给党的生日

当岁月的巨轮叩响百年的七月
记忆的帆乘风起航

嘉兴南湖点燃薪火的红船
井冈山上燃起的烽烟
遵义会议孕育的曙光
长征路上的千难万险
延安窑洞的雨漏风寒
抗日战场上的硝烟弥漫
那一个个不屈的灵魂
那一个个鲜活的生命
穿透岁月将党旗上的鲜红晕染
挺直了中华民族脊梁的开国大典
唤醒了东方沉睡的雄狮
开启了中华民族屹立东方全新的诗篇
风雨征程，沧桑百年

一代代掌舵人

历尽艰辛

摸着中国特色的脉搏

开辟着中国特色的航程

我们唱着改革开放的故事

走进新时代的征程

不忘初心，砥砺前行

今天的中国

正迈着矫健的步伐走进世界强国之林

站在两个一百年的历史交汇点

让我们用共产党人永不褪色的忠心与赤诚

让天蓝水碧，风调雨顺

肩负新时代的光荣使命

实现中华民族的伟大复兴

黎明

黎明的微光透过沉睡的云层

从万米高空倾泻而下

像甘甜清冽的山泉

也像织女梦幻且轻盈的薄纱

和着微微潮湿的呼吸

轻拂着还在睡梦中的大地

我随之跟着万物一起醒来

睁开眼沐浴着窗前黎明的曙光

感觉每一寸肌肤、每一个细胞都被清洗得

澄澈而透亮

我听见第一班地铁驶过

有节奏地敲击着这个城市的声音

我听见血液在我的血管里欢快地流淌撞击着血
　　管壁的声音

我听见一群喜鹊来到街边的树枝叽叽喳喳

讨论事情的声音

我也听见数千里之外广阔无垠的草原上成群的
　牛羊从棚圈里出发快乐的心跳声
我忍不住闭上眼睛
数着这座城市的脉动
感受着世间万物与大地的同频

万般美好
新一天的黎明……

等待

等待
是行动的一部分
恰如沉默是语言的一部分

第一场雪

下雪了

打湿了黑夜

纷纷扬扬地飘洒着

片片落在我的心上

就着热烈而安静的心跳

洁白的世界和黎明一同赶来

覆盖着窗外的屋顶、树枝连同街道

仿佛覆盖着全世界

我买了一束澳洲蜡梅

在雪花的映衬下红得可以拧出汁来

就着一杯芳香四溢的红茶

尽情地舒展着生命的光彩

鸟雀们都藏起来了

大街小巷都穿梭着大人孩子的欢快与兴奋

只有冬天安静着

悄悄地诉说着藏了一年的情话

对今年的第一场雪……

如果

如果我提着鲜花来找你
请你为我开门
因为我经过了田野
带来花蜜与春天的消息

如果我带着一壶山泉来找你
请你为我开门
因为我路过山谷
捎来了清泉的甜美与静谧

如果我请你为我引路
请你不要拒绝
更不要拦阻
因为那里繁星闪烁
也为你预备了牛奶和花蜜

请你不要拒绝

请你不要拦阻

请你为我在前行的路上助力

因为寻找你的路上原本已铺满了泥泞和荆棘

如果我来找你

请你把门打开

如果我来找你

请你笑脸相迎

如果我请你引路

请你不要拒绝

更不要拦阻

因为我要去的地方鲜花盛开

那里也为你准备了丰盛的宴席

第三辑

慢慢的散文

青海游记

清晨，微雨，我在西宁的一个酒店醒来，从窗户缝里感受到了凉意，这是我在青海待的最后一天。早饭过后，来到一间叫作HIGHLIFE的咖啡馆，请店员小哥给我特制了一杯红茶，靠着窗户坐下来开始安静地思考。

纸和笔是我思绪的一大段空白，坐在窗前，即便是穿上了所有带来的厚衣服，我依然感受到阵阵凉意。这就是青海，地处我国西北部，平均海拔3000米，而此时此刻我正坐在海拔为3100米的西宁的一个咖啡馆，隐约体会到一点所谓的高原反应，就是你能感受到你的呼吸，且比平常短一些、浅一些。我的心特别宁静，像头一天看到的贵德的黄河水那样清亮。这两天行走在青海的一幕幕开始像放电影一样，一帧一帧地出现在我的脑海。在云雾环绕的海拔3820米的拉脊山等待日出，摸着黑到处找卫生间，最后不得不在广博的高原上小解，我知道周围即使有人也不会看见，但依然觉得这是一种自孩童时期后的第一次特别不一样的体验。再有，我总觉得烟雾缭绕的高原上一定住着神仙，且所有的草木、野生的小动物都醒着，诚惶诚恐地四下张望之后想：好吧！即使你们都醒着那又怎样呢？

在贵德回西宁的路上，我们途经了罕见而壮美的阿什贡丹霞地貌，唯一遗憾的是，当时受一点小事情影响了心情，我竟没有驻足仔细观望，甚至没有拍一张照片，任凭她1.2亿年的绝美容颜在我们的车窗外平行滑过，像璀璨的流星留在了记忆中那个永恒的瞬间。

但我没有错过草原，没有错过成群结队的牛羊，它们在离天很近的地方欢快地吃草、嬉戏，清凉的山泉从它们身旁流过，白云在不远的天边变幻着千百种身姿，小老鼠在它们身边的洞里进进出出，牧羊人在不远处守望着它们。我想，它们是幸福的，它们的心情是愉悦的。

相反，我觉得牧羊人是孤独的，独自坐在不远处的马路边，时不时地抬眼看看他的牛羊，又低头看着他的手机。我想，在这个信号时有时无的高原上，那是他联系和知晓外界的唯一方式吧？我不知道他怎样跟他的牛群、羊群对话，也不知道在太阳落下，星星升起的夜晚他会不会孤单落泪，但又突然想到了《圣经诗篇》第23篇的内容："他使我躺卧在青草地上，领我在可安歇的水边，他使我的灵魂苏醒，为自己的名引导我走义路。"我知道这个躺卧在青草地上的牧羊人是幸福的，是不孤单的，内心是安宁的，是笃定的，是丰盈的……

我突然想到了自己的此次旅行，循着内心的声音来探寻黄河的源头，我本以为会看到影视剧里面的那种巨浪滔天的景象，但在黄河的上游贵德，我看到的是清澈透亮甚至泛着碧绿波光的黄河水，不是黄色，没有波涛汹涌，没有气势如虹，在那一刻，我甚至是有几分失望的。

在一个白色遮阳帐篷边依水而坐，因为已经过了旅游旺季，除了我和当地的领队以外，身边就剩下寂静无声的黄河水了。服务员小哥给我们上了当地的茶和茶点，我的思绪从断断续续到逐渐流畅。想到了黄河途经的九个省份，想到了遥远的农耕文明，想到了人类的几次工业革命，想到了中国的五十六个民族，想到了"一带一路"，也想到了世界地球村；想到了竞争与合作，想到了天也想到了地，想到了远古，想到了现在，也想到了未来……渐渐地，我居然开始感受到了身边寂静无声的黄河水缓缓流过的气息，轻轻的，像脉搏，也像心跳，我开始逐渐与她同频。在那一刻，我的心摊开在这安静又生动的黄河水里，并随着她沿着青藏高原奔流向她的中游、下游，最后随着她一起注入渤海。像一首从远古唱到现在永远也唱不完的歌，也像是从鼻孔到肺部再到鼻孔或嘴巴永远循环往复的呼吸。我触摸到了她的开始，也感受了她流动的过程，跟着她结束，又跟着她循环往复。这种感觉是美好的，是奇妙的。我想到有一些东西没有开始，没有结束，只有经历……

我如期踏上了回程，飞机将遥远的青海抛在了身后，我本想在飞机上完成此次的旅行游记，但前半程居然婴儿般睡着了，后半程翻阅了我在西宁机场买的一本《发现青海》。

今天是回来的第二天，收到了杭州西湖边茶农小哥快递给我的用龙井与桂花制成的红茶，顿时全心满满的温暖。夕阳洒在街边，我的心也极其宁静,像此行在贵德看到的黄河上游的水那样,是平静的,是宽广的,是清澈的,是悄无声息的。突然觉得世间的一切事都是小事,就像站在万米高空俯瞰大地,是平静且美好的。

我想到了亲爱的丈夫,可爱的女儿,温暖的妈妈,亲人、朋友、同事甚至陌生人,仿佛我有一对巨大的臂膀可以拥他们入怀。我想到了花草树木,各种动物,以及山川与河流,我像一团快乐的空气和一切融为一体。

我爱他们,我爱这美丽的世界。

《额尔古纳河右岸》读书随想

"太阳每天早晨都是红着脸出来，晚上黄着脸落山，一整天身上一片云彩都不披。炽热的阳光把河水给舔瘦了，向阳山坡的草也被晒得弯了腰了。"我是从这样优美的文字开始阅读这本《额尔古纳河右岸》的，总觉得每一个文字都是驯鹿清晨踏上的第一颗露珠，每一行语句都闪耀着额尔古纳河面上朝阳的波光粼粼，是那么清新而静谧，让我深深地沉醉其中。

我喜欢这样的感觉，喜欢把自己的身体和灵魂揉碎了，浸泡在一缸优美的文字里，久久缱绻其中。我甚至不知道该如何给这样的书写评语，写读书笔记，总觉得每一句话都是瘦的，无法还原其中的丰盈。

尽管如此，我依然要坐下来，尝试写一份迟子建老师所著《额尔古纳河右岸》，一部荣获第七届茅盾文学奖的作品的随笔。

淡绿色的雏菊在一窗午后的阳光下散发着幽幽

的清香，这让我想到了书中描述的一百年前生活在大兴安岭腹地的那群鄂温克人，他们放牧着驯鹿，住在由二三十根落叶松搭建的伞状的希楞柱里，四周围着由桦树皮和兽皮做成的围子，头顶是漫天的星星。一年四季不会熄灭的火种把希楞柱的火塘照得通红。他们喝着驯鹿的奶，也随着驯鹿寻找新的苔藓，不停地搬迁着他们的营地，搭建着他们一个又一个希楞柱。

男人们外出狩猎，女人们在营地里熟皮子、熏肉干，用兽皮做靴子、做手套，用桦树皮做皮篓、做桦树船……孩子们在这样原始的天地里无忧无虑地放牧着他们的童年。

他们推选出自己的族长，依靠萨满来治病消灾。围着篝火吃肉喝酒，也围着篝火翩翩起舞。他们深深地爱着，质朴地活着。喜悦地迎接出生，平静地面对死亡。用风葬把逝去的亲人安放在天地之间，用白布袋子把早逝的孩子装好放在春天最早开花的向阳坡上。他们敬畏着天地，敬畏着日月星辰，也敬畏着万物生灵。他们在自然中获取，也在自然中失去；他们在生命中相遇，又在某个路口分离。

回顾书中,四代人,一百年,一个游猎民族,途经了风和日丽,途经了自然灾害,途经了瘟疫、战争以及现代文明,最后融入了时代的洪流,改变了生活方式,传承着脊梁筋骨。苍茫百年,沧海一粟。也许始终变换的是日月星斗,爱恨情仇,但始终不变的是爱,是希望,是和平。也许总是搬迁着的是他们的希楞柱,但始终不变的是他们对自然、对天地、对生命、对万物的爱和敬畏。

我喜欢这种站在一百年甚至一千年后看一个人或事物的感觉,因为我知道,所有的大事都将变为小事,所有的当下都会成为过去,所有的爱恨情仇都将在岁月面前化为风烛,唯有爱与希望永存……

《人类群星闪耀时》读后感

　　这是十月初的一个午后，秋天在北京的大街小巷游走着，我坐在一个极文艺的巷子口的咖啡馆门前，喝着一杯来自云南的红茶，开始叙写我的关于《人类群星闪耀时》的读书笔记。

　　连续两天，我都咀嚼着奥地利作家茨威格的文字，仿佛要从这十四个决定个人生死、民族存亡，甚至改变整个人类命运的历史瞬间里榨出汁来，变成精神的原液滋养我渴慕的灵魂。

　　茨威格极尽细腻、精微且优美的文字洗刷和撞击着我的心。合上书，我第一个回想到的是音乐天才亨德尔。在历经中风，凭借非凡的毅力康复，又写出了许多优秀的作品后，再一次经历灵感枯竭、生命绝望的至暗时刻，他无数次叩问上帝，如果终究要将他抛弃打入地狱，又为何要在病痛中将他拯救？他感到胆汁流出，灵魂撕裂，整个身体在愤怒和软弱中颤抖。一天傍晚，他收到了一个叫詹姆斯的诗人的来信，信的内容是诗人的新作《弥赛亚书》，第一句写着："你必得安慰！"他惊跳起来，他觉得这是上帝的回答，是天使为他幽暗的心捎来的天籁。这句话激发了他生命中前所未有的激情与灵感，眼睛里闪烁着奇异的光芒！此后的三周，他不分白天黑夜连续创作，最终完成了他最伟大的作品《弥赛亚》。是的，那一句诗，那一个瞬间，借着一个不起眼的小人物詹姆斯的口，使他的生命再次站了起来，成就了这个音乐巨人！再也没有任何人、任何事、任何病痛能够将他击垮。

我也想到了书中的另一个故事，历史上著名的滑铁卢之战。拿破仑，这个叱咤风云、英勇善战的军事天才，带领法兰西大军在滑铁卢与威灵顿指挥的英军殊死搏斗，连日降雨、寒潮，双方均伤亡惨重，难分胜负，他和威灵顿都非常清楚，谁先等到援兵，谁就将最终赢得这场战役！然而，拿破仑没有等来他的援兵——格鲁西率领的另外三分之一的军队，最终输掉了这场战役，也因此改写了整个欧洲的历史。格鲁西，一个忠厚老实、谨小慎微的中等资质的军人，在这场战役中受命带领另外三分之一军队的元帅，在前线最艰巨的战役打响时，手下副官热拉尔及多名军官提议赶紧前去增援的时候，犹豫不决，说因未接到拿破仑的命令违背职责不能前往。就在炮火声渐渐稀少时，焦急的热拉尔再次恳求带一支军队前往增援时，格鲁西思考了一秒，再次否决了请求。而这一秒，改变了他的命运，改变了拿破仑的命运以及世界的命运。巨大的遗憾席卷了我整个身心！

有一个瞬间，我甚至代入式地想，我是那个奋战在最前线耗尽生命也没有等到救兵的拿破仑，还是那个优柔寡断、谨小慎微的格鲁西？不，都不是！我像书中提到的威尔逊一样，是一个和平主义者，一个在现实生活当中分不清东南西北，喜欢写诗歌、写散文的文艺女青年！不会发动一场战役，也无力抵抗一场战役。

我想到了书中的另一个故事的主人公美国总统威尔逊。1918年，正值整个欧洲为争夺领土、矿产和油田混战的时期，有一个声音从美国传到硝烟弥漫的欧洲大地："永远停止战争！要建立以民众赞同和人类有组织的意见支持为基础的法制。"这个声音就来自时任美国总统的威尔逊。他不是为一个国家、一片大洲，而是要为整个人类服务，他也不是只为当下而是为更好的未来效力！他认为，利益的博弈不会凝聚人类，只会离间人类，他要将迷途的各国带到新联盟的欢宴。威尔逊乘上"乔治·华盛顿号"前往欧洲出席巴黎和会完成此使命。然而欧洲右派从维护自身利益的角度要求缔结一个停战和平条约，再建立一个未来无战事的和平条约，而威尔逊坚决要求首先建立全新的国际联盟的和平条约。双方激烈争论，在接下来的数月中，威尔逊独自面对全世界，他意志坚定，决不妥协，奋战到甚至连他的顾问团队也没有一个人站在他这边。他孤独寂寞，绝望焦灼，孤立无援，他认为只有达成非军事的和平、持久和平、未来和平的共识，才能达到真正的和平。然而他终究未能顶住来自四面八方的巨大压力，做出了相应妥协，最终在4月15日为拯救暂时的和平签署了协议。威尔逊的心情是暗淡的，是沉重的，他或许拯救了一时的和平，却错失了当时唯一能够让世界长久和平的良机。作为旗手和领袖的威尔逊在这一时刻没能够顶住压力做出的最终决定影响了后续的几十年甚至上百年。

读书笔记写到了尾声，我想用作者在序言里写的那段话作为结束语：这些充满戏剧性的巅峰时刻，这些生死攸关、超越时代的决定性的时刻，往往发生在某一天，某个时辰，甚至常常发生在某一分钟。尽管这个时刻在个人命运乃至整个历史进程中都难得一遇。在此，我尝试回顾那些发生在不同年代和地域间的群星闪耀的时刻——我这样称呼这些时刻，是因为他们像群星般璀璨而不渝地照耀着暂时的黑夜。

路过一个初冬的天

窗外只有几片叶子在树枝上寂寥地欢唱着冬天，暖阳照亮了街道的角角落落。卡瓦纳的茶香伴着咖啡的幽香在三层楼的咖啡厅里飘荡，我安坐在二层的一张茶桌前，仿佛生命也因此丰盛和饱满起来，于是我再次想到了那句诗："我已亭亭，不忧亦不惧。"

这种感觉真的很奇妙，仿佛全世界都是我的，触手可及，而我所需的又甚少。我觉得我应该是准备好了一首歌，是欢快的，是富足的，随时可以唱给任何一个路过的人。而他们的心灵就是这首歌的沃土，立即生根发芽，焕发出新的生命，从眼睛里蓬勃而出。

我在想我还没有读完的那本《百年孤独》，我带了它，但并不着急打开，仿佛随时可以用无比丰盈和富足的心情去舔舐作者心灵里寄居的干涸和孤独，甚至可以穿越时空去拥抱和融化他心中的孤寂。我点了一款卡瓦纳的红茶，像每一次一样，我发现我是一个极为钟情的人，热烈而古板地深爱着我的深爱，一款茶，一个座位，一件深色的羊绒大衣，一个幽居在心间的人……我也可以喜欢上新的，但总不会超过旧爱。我在想我大抵是不会和什么人真正错过的，如果你也记得我们第一次相逢的巷子口……

有时候，我真的觉得自己像一个精灵，轻盈地路过人世间，像一片圣洁的羽毛，不曾沾染任何的风尘，从万米高空俯瞰大地，一切的纷争都在爱的苍穹里被融化，万物都是新的，也是旧的，是分离的，也是互为一体的。

我看见春天从大地上醒来，倾吐着新绿，然后是热烈的夏天，梦幻的秋天和童话般的冬天，仿佛四季可以在一夜之间变换。我看见河流蜿蜒地流淌在广袤的大地上，缠绕着高山和盆地，泥土寂静地吸吮着。每一个人都像一只蚂蚁，在人为地画好的分隔线里播种、纷争，也嬉戏。无数的动植物点缀在其中，它们生活，捕食也被捕食。身边是太阳、月亮和星星，安静地张望着热气腾腾的人间和四季，一如千百年……

我想到了我那即将出版的诗集，就好像是我的生命，走走停停，有欢乐也有忧伤，有高山也有低谷，有敬畏也有期待，都浸泡在宇宙早已写好的爱的清泉里，变成饱满的文字，浸润每一个日出和月落，也浸润每一个黑夜和黎明。

我突然爱极了这个世界，爱极了途经的每一个驿站和遇见的每一个人，我看见太阳从我心中升起，金灿灿的，照亮了我的每一根血管，每一寸皮肤，每一个细胞和无边无际的大地。

我听见宇宙准备好了一首歌，幽幽地拨动着我心灵的弦，然后是咖啡厅的店员的，窗外的杨树的，无边无际的蓝天的……

今日，路过北京坊，路过一个初冬的天……

写在冬季某个午后的闲言碎语

北京这几天冷得不像话，站在马路上瞬间就会被冻得通透，每一根血管、每一根经络都会被剥离出来，摊开在皮肤的下面，任冷风数落，衣服也仿佛成了摆设，裹紧自己，我看到了一个像冬天一样的冬天。

今天是周末，我选择猫在家里，夕阳跨过大半个地球从宽阔的飘窗上照进来，我和我的花花草草也因此变得金黄和透亮。

我想到了我的诗还有我的诗集。我最近常常把自己经历的事情，自己经历事情时起起落落的情绪，或好或坏的心情分离出来，仿佛我可以看见它们。我也能看到我的思绪，来了又走，我有时候会按照脑子里的思绪去实行一下，那是下意识的动作，随后会收到某种反馈的结果。我能部分地看到哪些是被脑子欺骗去实现己意（小我）的，这是一个精微和奇妙的生命体验，我知道生命在发生某种有意思的变化。

我喜欢这样去体验一个不一样的生命，我也喜欢去感知一个不一样的世界，我不知道如果余生就穿梭在图书馆和大自然之间，把所有的精微都变成诗或散文，是不是一样很好？想一想，我就很喜欢。但我觉得我还是应该去挣钱，至少可以养活自己，不依附于任何一个人，包括我挚爱的先生，这种感觉是美好的，是我期待的。

　　不能在职场上发挥作用和价值，一度是我特别遗憾的事情，但今天，我仿佛也可以接受了，我想这或许是对生命、对世界的一种妥协，我是如此念旧情，钟情于选定的人，即便是环境发生变迁，我也依然选择等候或者是转行，比如寄情于山水，驰骋于文字。外人是不能理解的，多年以后的我或许也会笑掉大牙，我不知道我将如何回忆这一段人生，但我觉得更重要的是如何续写当下的人生。

　　我其实还是很喜欢这一段站在原地仰望造物主的日子，仿佛把我们重新连接起来，激活我们生命中某些沉睡的东西，让它们在一寸一寸的光阴中醒过来。

　　我有时候觉得，如果伸手把身体捏成团，我会不会跳出来站在我身体的旁边？这或许就是一个笑话，但我却像孩童时期那样觉得这个想法本身就无比地有意思。

　　我其实很怀念有一段研究政策的时光，除了诗歌、散文之外，我喜欢研读国内外的政策，总觉得能从中看到趋势和未来，就无比美好。我没有能好好地研读历史，记得有一个老师说，你能看到多久的历史，你就能看到多远的未来。我好喜欢这种提法，我知道里面有跨越时空积淀下来的一种东西，人们管它叫道或者规律。而我也真的好喜欢去探寻这种东西。我想起自己写的一句诗歌：每一个未来，都是起心动念的现在。

　　我开始明白，世界是由心创造的，你的现在正组装着你的未来，每一分每一秒⋯⋯

写在冬季一个周日的午后（一）

在最冷的几天里，我从网上购买了三种盆装小植物，收到的时候，它们的叶子已经冻死了，只有根依稀活着。今天，我重新把它们安置在小竹筐里，浇上水，放在窗前晒着太阳。我期待它们能够健康地活过来。我想到了汪曾祺，当世界只剩下自己的时候，自己就拥有了全世界。我们在静默里和花草聊天，在静默里与夕阳亲吻，在静默里等待第一缕晨曦。

明天是周一，我其实很期待走上工作岗位开始全新的一周，把火热的生命融化在努力和奉献里，把生命浸泡在收获、喜悦、遗憾和看似一些起起落落的正确与错误里，仿佛那才是一个真实的人生、火热的人间。

但，我仿佛拥有了另一种人生，静默的、索然离居的，孤独却丰盈的人生。我不知道人在一个年纪，打碎了模子，是不是会幻化出另一种人生，而在幻化之前别人不理解，自己也不知道。我们和世界衔接着，但又分隔着。我们或许可以轰轰烈烈地投入人群，也可以安静在世界的一角，浅浅地观望着这个世界，轻轻地舔舐着自己的人生。

如果可以，我想去旅行，比如云南，我喜欢那种深红色的土地，喜欢那种少数民族的房屋以及异域风情的服饰，喜欢住在某个有着好听名字的民宿，喜欢看遇到的人，我或许跟他们攀谈，也或许只是静默地擦肩而过……

我准备好了一个背包，准备好了一种随时出发的心情，准备好了一双好奇的眼睛和一颗永远为未知跳动的心。

我突然想到一本书，叫《从你的全世界路过》，而我想说我正在路过全世界。我想到了三毛，想到了她的撒哈拉沙漠，想到她与荷西唯美的爱情，想到她自由的行走和无拘无束的灵魂。我不知道有多少人是在千万种契机里放下了尘世的烟火，去游走和拥抱这个世界，又用千万种形式来阐释和描述这个世界。

又有多少人知道，她放下尘世的烟火是因为她忘记了如何重新与世界连接，原有的模子打碎了，她仿佛像一个新生的婴儿，等着人来带领重新出发。而这一点没有人知道，更没有人相信。如此孤独，却又如此奇妙。

我觉得很多的艺术作品大抵都是在这样的一个阶段走向升华的吧？

突然想起在某个文学作品里看到的，人生或许都有搁浅的时候，这个时候需要有人推你一把，或推向凡尘俗世，或推向无限丰盈的未知。我觉得我也是一样的，搁浅在生命的沙滩上，等着一个人来推我一把，或推向凡尘俗世，或推向丰盈的未知，都可以，只要符合上天的意思，就好。

写在冬季一个周日的午后（二）

今天下午听了董宇辉和樊登老师在直播间里讲《论语》，很喜欢，我突然觉得应该有某个人在某个专门的时间来解读《圣经》里的一个章节："爱是恒久忍耐，又有恩慈，爱是不嫉妒，不自夸，不张狂，不做害羞的事，不求自己的益处，不计算人的恶，不喜欢不义，只喜欢真理，爱是永不止息。"

它是不是囊括了《论语》里讲到的"君子求诸己"的全部内容？

恒久忍耐，不嫉妒，不自夸，不张狂，不做害羞的事，不求自己的益处，不计算人的恶，不喜欢不义。

你会不会突然觉得经典都是相通的。凡事求诸己，这或许就是道就是规律，这也或许就是一个平庸的人和一个卓越的人的最大区别吧！

我突然觉得爱是多么长阔高深又永不止息……

窗前的三角梅开花了

前天上午,突然发现窗前的三角梅开花了,我看着它时,它那么安静,那么从容,那么不慌不忙。我猜它一定是在头一天夜里我们睡着的时候开的,等着醒来时给我们一个惊喜。我回想它好几次是这样干的了,原来它骨子里也是这样浪漫,不知道是不是很像尘世间的某一类女子。

真的叫三角梅,三片淡粉色的花瓣,三片淡粉色三角形的花瓣,站在窗前安静地窥探着楼下街道边的冬天,或是一会儿又张望着遥远的天际,我不知道它是不是有什么心事需要诉说,反复在心里搓捻着,始终没有说出口。于是我挨着它坐下,沏了一杯红茶,它能听见我的心跳,闻到红茶的馨香,我想它一定也知道我喜欢它。我想起几年前读到的一个故事,是日本的一个学校的学生做酒酿的实验,真的是万物皆有灵性。

窗外的上午有一点灰蒙蒙的,我再次翻开那本《百年孤独》,才发现这本书在我的手里很久了,才读了三分之一，或许我潜意识里并不孤独，所以每每拿起都没有读完。我想起那句话"孤独是一个人的狂欢"，我或许到今年尤其是近期体会更加深刻。其实，独处里装满了自己也装满了全世界。

生命是多么奇妙，仿佛它自己知道它在等待谁，等待与谁交谈，等待与谁携手，等待与谁碰撞出生命的火花，缔造生命的辉煌。在此之前，它愿意一直安静着，到地老天荒。

像挨着三角梅一样，我也挨着我的生命坐着，听血液在血管里汩汩地流动，听呼吸从鼻子到腹腔的循环往复。生命像一个安静的女子，悄悄地藏在潜意识里，露出一点点眼睛，眸子里装满了澄澈和小心翼翼。想一想，就很美……

我想，我还是要把那本《百年孤独》读完，然后，换一个时间再来告诉你，我读到了什么。

每一天，都是旅行

在过去的一周里，我的大部分时间都被那个从国外提前完成阶段性学业归来的、长大了的小朋友占据着。细想来，我们俩一起玩耍、交谈，一起看电影、看综艺的时间并不是很多，但是在我的心里，仿佛绝大多数的时间都被她占用了。

仔细想来，可能是因为我即使是在干自己的事情，比如读书、写东西，我的一部分心还是为她张着。她并没有要求，我也没有许诺，但我发现，在潜意识里就是会为她留着一块随时被打扰的领地。

为此，我惊奇地发现，不知不觉里，我们的心其实会为很多的人或事张着，要么在回忆过去，要么在计划未来，只是我们并不知道。装得越多，我们与当下真实的世界隔离得就越远。

我更喜欢每时每刻就待在当下的感觉，比如这一段时间每个周一的上午，我都喜欢乘坐80层电梯到达一个咖啡厅，感受乘坐电梯的过程中耳膜受压的前后变化，看当天的服务员着装上细微的调整，看80层窗外的天是不是跟上一个星期一样蓝。当然我会点永远都会点的那一款桂花红茶，翻开一本随身携带的书，或是写上一段随笔……

我突然想到了自己特别喜欢的威斯敏斯特教堂下的碑文，译文如下：

当我年轻的时候，我的想象力从没有受到过限制，我梦想改变这个世界。

当我成熟以后，我发现我不能改变这个世界，我将目光缩短了些，决定只改变我的国家。

当我进入暮年后，我发现我不能改变我的国家，我的最后愿望仅仅是改变一下我的家庭。但是，这也不可能。

当我躺在床上，行将就木时，我突然意识到，如果一开始我仅仅去改变我自己，然后作为一个榜样，我可能改变我的家庭，在家人的帮助和鼓励下，我可能为国家做一些事情。然后谁知道呢？我甚至可能改变这个世界。

我在想，世界是多么奇妙，果然是我们的脚步到达不了的地方，我们的心可以。比如当我想到那碑文的时候，我的心就和那碑文一起搅动。为此，我真的很喜欢阅读，因为阅读会扩大我们心的眼睛。但我不喜欢阅读战争，比如拿破仑的滑铁卢之战，比如《百年孤独》里的那些打打杀杀，仿佛任何一方的伤亡都会搅动和踏平我的心。我深深地感到，我喜欢和平。如果有人想从我这里拿走什么，我会全部呈上，绝不留一片轻羽。因为，人的灵魂是不需要附着任何一点物质的，上天给每一个人准备的已足够丰盈。

我喜欢神秘而清新的森林，尤其是还挂着湿漉漉的朝阳的那种，仿佛我只要从那一片阳光下经过，我就被洁净了心和灵魂。我喜欢孩童澄澈的眼睛和银铃般坦荡的笑声，仿佛我的心会被这笑声瞬间融化并随之舞动。为此，我总是喜欢跑过去，抱起那个孩子，与他亲亲。

我也特别喜欢老人，尤其是老到哪里也去不了的那种，他们的眼睛和皱纹里装着被岁月打磨后的温暖与平和，心也像一块宽宽大大的地毯，毛茸茸的，躺上去，就很安稳。

我也喜欢旅行，喜欢记录旅途中的人、风景和心情。以前我一直以为买了票到另一个地方才算旅行，今天我才明白，其实，每一天睁开眼睛，我们都是在迈上生命中新一天的旅程，比如像我这样的行走，这样的记录，这样的喃喃自语……

年末碎语

给妈妈寄的年货她还没有收到，我们俩在电话里有一搭没一搭地聊了一会儿家常，先生也在抓紧练字，争取给她写一副比之前更好一些的春联。她说她希望得到的春节礼物依然是我近几年一直给她买的化妆品，瓶瓶罐罐一大堆的那种。为此，我真的很开心。我喜欢八十多岁的妈妈依然爱美这件事情，她就像是心里永远住着一个少女，漫步在洒满阳光的清晨。

我腌制了腊八蒜，按照视频教程，这是我有生以来第一次腌制，从剥蒜到最后完成，无比享受于其中。我觉得我特别像一种我喜欢的女人——安静地织着毛衣，或是做着针线活，感觉空气里弥漫的都是岁月静好。

一旁的百合花开了，淡淡的黄色，发着幽幽的清香。我沏了一杯红茶，想起与好友相约春天一起做青梅酒的事情，不由得无限向往起来，第一次觉得在春天饮一杯自己制作的青梅酒该是生命中超美好的事情。

我好喜欢这种心宽宽大大的感觉，像一个蒲团，无论世界如何变迁，都能软软地承接整个山河，温柔共处，仿佛不曾来过，也仿佛从不会离开。我特别喜欢不被占有也不占有的感觉。像邻家的小妹，你看着她在阳光下茁壮成长，变化成美丽的少女，你总是静静地看着，隔着玻璃或是不隔着玻璃，眼睛里含着清晨澄澈的露水，静静地看着，就好美……

我突然想起了李清照，想起了隔着近千年那个美丽、倔强而有趣的灵魂。世间总是会有一些生命呈现出她自己的样子，不被物质和世俗浸染，不被岁月和世事磨平。在阳光灿烂、带着露水的清晨，灼灼其华……

草木人间

阳光实在是太透亮了，灿烂到我可以看到天与地的接合处。整个北京城都有条不紊地待在冬天的地面上，数着越来越近的年。

坐在硕大的落地窗前，我又翻开了汪曾祺先生的《人间草木》，一本我看了很多遍的书。突然想，或许可以叫"草木人间"，我喜欢住在散发着草木香的人间，最好还夹杂着雨后泥土的芬芳，如果可以，我也愿意像蚯蚓一样住在泥土里，透过泥土粒儿，偶尔看一眼天空。有一搭没一搭地和旁边的蚯蚓奶奶聊着天，她最好是在我旁边织着毛衣，织毛线袜也可以，总之手上摆弄着一点针线活。山丹丹花的根正好深埋在我和蚯蚓奶奶的脚前，我也可以爬出地面看一看这棵山丹丹花树几岁了，因为根据汪曾祺先生记录，有几朵花她就有几岁了。为此，我真的觉得山丹丹花着实可爱，恨不得立即跑到陕北，数漫山遍野的山丹丹花，跟一岁的聊聊出生，跟十岁的聊聊青春期，跟二十岁的聊一聊恼人的爱情什么的。总之,我知道她们会听懂我的话,并用各种方式回应我。就像我每次把自己浸泡在森林里一样,我们彼此依偎,无声地感知着千万种草木和小动物的心跳、呼吸和心情。为此,我总觉得这或许就是一段世界上最美的光阴,连空气都欢快着,充满灵性……

我时常惊奇生命这件事情本身,生命是多么奇妙,多么深不可测。生命的每一次呼吸都承载着造物主的恩赐和委以的使命,包括花鸟,包括草木。我不知道我此生会不会也写一本跟草木相关的书,比如,就叫"草木人间"……

新年碎语

窗外，雾蒙蒙一片，依稀看到群楼点缀在苍茫的大地上。我的内心平静到没有一丝波澜，安静地审视着自己的人生。

我喜欢有这样一段孤独且寂静的成长时光，不知不觉已把生命雕琢得五彩斑斓。

我不知道生命的终极意义到底是什么，或许就像很多人说的那样，毫无疑义，她的全部意义就是你赋予她的每一寸时光。为此，我真的很开心。我喜欢孤独且丰盈地成长，我喜欢用真诚和善良面对生命中每一个路过的遇见，一个好人，一个坏人，一段美好的回忆，一段刻骨铭心的挫折和创伤，一盆吊兰，一只喜鹊，一株早春的麦苗……为此我总是拥有婴儿般的睡眠，因为我知道，善良就是造物主赐给我最大的心安。或许这世间压根就没有好人、坏人，好事、坏事之分，有的都是让生命精进的沃土，这让我想起一句话："一切发生皆为我。"多么美好的言论！

节日期间，又读了一遍《傲慢与偏见》，太喜欢伊丽莎白和达西之间的爱情描述了，这让我不禁想起了《简爱》里面类似的情节，就像是飘荡在心尖上的琴弦，被一根一根地拨动，小心翼翼，战战兢兢，诚惶诚恐，不敢掀开却又捂不住，这就是美妙的爱情，一眼千言。

或许这世上一切真挚的情感都是这样，具有无尽的穿透力和感染力，从书本的字里行间跳出来，盘踞在你的心间。为此，我很喜欢看名著，那些激荡过很多人的语句也大抵可以跨越时空抵达你的心湖，荡起一层层涟漪。文字真的是太好了，每一颗都仿佛长着生命，穿梭和跳动在你的心和笔墨之间。

如果我们每一个人早早地就发现，生命终究是没有什么意义，我们就会早早地安住在每一个当下，不会执着于某一种特定的结果。好好地爱，慢慢地行，尽心地做，暖暖地说……

深情而简单地行走

特别喜欢这里的干净素雅,栀子花的清香弥漫着整个餐厅,夕阳从大大的落地窗照进来,一片暖暖的金黄。

还是北京坊的那个位置,只是已换了名,也换了主人。因为是非用餐时间,只有我一个人和我的食物、我的茶、我的书籍。我随身携带了一本《茶花女》,餐后,服务员赠送了一杯餐厅自制的酸奶,于是就着酸奶阅读起来。由于餐具太过精美,忍不住把它们拍了下来,也拍到了洒满餐厅的金黄色的夕阳。

我突然好喜欢这里,干净得不含一丝纤尘,幽幽的栀子花香,让我不觉得这是一家餐厅。

露台外灰瓦上的雪花还没有融化,在夕阳下显得格外洁白,衬托得整个北京城都安静极了。我不禁想,自己明明置身于偌大的繁华中,却深感整个世界如一束栀子花般洁净与清宁,我不知道这是不是所谓的生命的投放。

最近，我越来越感受到生命和生活的简洁与丰盈，仿佛越简洁越丰盈。独自行走在灰墙琉璃瓦的老北京胡同，一杯清茶，一本喜欢的书，一个早起的黎明，一两声清脆的鸟叫，一阵含着一点春天气息的微风……都那么让我沉醉与着迷，我感到我深深地爱着这个世界，爱着脚下的这片即将迎来又一年春天的土地。我也好喜欢这样简单而干净地活着，就像是躺卧在广阔的青草地上，看着远处无忧无虑的牛群、羊群，也看着一望无际的蓝天和快活极了的白云……

行走在洱海

洱海边的黎明比北京的黎明来得大约晚一个小时,早起的朝阳金灿灿的,照耀在海拔为4122米的苍山顶上,还没有来得及融化的积雪静悄悄地反射着朝阳的光辉。

清晨的湖水轻轻地拍打着岸边的礁石,湖面上是一片如丝缎般的波光粼粼。小鸭子们陆陆续续地起来了,在湖面上嬉戏和追逐,发出欢快的叫声,还有几只凌空飞翔的白色的海鸥,在湖面上翩翩起舞,翅膀上闪耀着金色的、自由的光辉。

一种叫作"水性杨花"的水草在湖水中摇曳,欢快的鱼儿在水草中自由穿梭,空气里满是温润的早春气息。我寂静地坐在客栈的一角,饮一杯洱海边三月的清晨。

洱海,一个被当地人称为"海",形状像耳朵的淡水湖泊,位于云南大理白族自治州大理市,是澜沧江—湄公河水系上游最大的高原淡水湖泊。海拔为1972米,占地面积约251平方千米,水深平均约

10.5米,最深的地方有20余米。我不会游泳,所以总是像个孩童般欢喜且小心翼翼地行走在岸边。

这是我们游走在大理的第四天,从飞机落地的那一刻起,就仿佛已深深嵌入了这片红色的土地,我把自己和姐姐安置在一个离洱海边零距离的客栈,我们每天听湖水拍打着岸边的岩石入眠,又在波光粼粼的湖水边醒来,心率和血液仿佛已与湖水同频。

我们无忧无虑地行走在双廊古镇、喜洲古镇,踏着青青石板,听着舒缓的民谣,喝一杯当地人自制的酸奶,吃一顿当地的菌汤火锅,在小镇的街边靠着窗饮一杯云南的红茶,看湛蓝的天空下一望无际的青青麦田。

白族的小姐姐把玫瑰花制作成各式各样的香料和食品,阿婆们在古镇上售卖着各式的手工制品和好吃的糍粑粑……

我们在古镇上行走,也在洱海边漫步,我喜欢这一刻的大理,也喜欢这一刻生命如鲜花般绽放的清新、舒缓与惬意。我喜欢和姐姐这样自由自在地行走,无忧无虑地闲聊,像极了童年的某个时光……

　　踏上回程,挥别洱海,时光和心情一样,美如画……

写在后面的话

　　这是生命的一个空档期，我无数次步行大约30分钟的时间，往返于家到北京坊的一家星巴克，点一款叫作卡瓦纳的红茶，开始编写这本叫作《余味》的诗文集。

　　窗外的春天也是一寸一寸地醒来，从光秃秃的树枝，到繁花似锦，我的心仿佛也跟着一步一步地盛开。

　　我总是选一个非常好的位子坐下来，可以看到整个房间，也可以看到窗外的阳光灿烂。有时我会思如泉涌，有时又觉得大脑一片空白。但这一切都不重要。重要的是，不知道从什么时候开始，我莫名其妙地有了一颗安宁而强大的心。仿佛之前在乎的很多人和事都已不再重要，我可以心安理得地安静在这份安宁里。

　　没有灵感的时候，我就安静地阅读，或是看着自己的思绪像放电影一样，来了又走。我开始明白，我不是我的思绪，我也不是我的情绪。时光就这样悄悄地一点一点治愈着我，我甚至开始将自己与这个世界分离开来。但还好，我没有想着去归隐山林，因为，我依然深爱着我的深爱。

我开始经常莫名地感恩，莫名地泪如泉涌，内心时常柔软着，像一个婴孩，能听到内心的悸动；有时又仿佛听到来自天外的声音。

但还好，我知道我一切正常，这只是一个美好的生命从苍白逐渐走向丰盈的必经过程。

我感谢我的家人，感谢所有过往的经历，感谢一路走来的恩师和挚友，感谢这段生命的空当期，让其可以集结成文字，放在这本《馀味》里，在一个偶然或必然的时刻，走进你的视线，说给你听。